SOPHIE
TEUCHER

ZAUBERWALD
UND
STERNENNEBEL

ILLUSTRATIONEN VON
BIANCA POST

au|ko

Impressum

auko.media
Andreas Bertling
Torgauer Str. 1A
04838 Eilenburg
Deutschland / Germany / Allemagne

Wir freuen uns über Rückmeldungen und Anregungen zum Buch. Gern per E-Mail an: feedback@auko.media. Weitere Infos und Kontaktdaten finden Sie auf unserer Website: www.auko.media. Vielen Dank.

Bibliografische Information der Deutschen Nationalbibliothek

Die Deutsche Nationalbibliothek verzeichnet diese Publikation in der Deutschen Nationalbibliografie; detaillierte bibliografische Daten sind im Internet über http://dnb.dnb.de abrufbar.

Alle Rechte vorbehalten

Zauberwald und Sternennebel, Erstauflage, 2024
ISBN 978-3-98710-022-2
© auko.media, Eilenburg, Deutschland

Text: Sophie Teucher
Illustrationen: Bianca Post (BP-Illustration)
Lektorat & Korrektorat: Andreas Bertling (autorenkonsulat)

Layout & Buchsatz: auko.media, Eilenburg, Deutschland
Druck & Bindung: Print Group Sp. z o.o., Szczecin, Polen

Für unsere Umwelt

Wir achten sehr darauf, unseren Fußabdruck in der Umwelt möglichst klein und unauffällig zu halten. Daher versuchen wir, so nachhaltig wie möglich zu arbeiten. Das schließt alles rund um dieses Kinderbuch selbstverständlich mit ein. Mehr Infos zu unserem Umweltengagement und wie wir auf Nachhaltigkeit achten, gibt es auf unserer Website nachzulesen: www.auko.media/go/nachhaltigkeit.

Inhaltsverzeichnis

Vom Zauberwald und Sternennebel

»Vor langer Zeit«, begann der Abendstern der Graueule Wilfur zu erzählen, »erschien ein Menschenmädchen im Wald, das fähig war, die Magie des Zauberwaldes zu sehen. Sie sah die Baumelfen, lauschte den Tieren, wie sie miteinander sprachen, und erblickte eine Schattenlilie, die so besonders war, dass das Mädchen mehrere Stunden damit verbrachte, die mit Goldstaub besprenkelten Blütenblätter zu bewundern.«

Wilfur saß auf der Steinmauer des alten Einhornbrunnens und starrte mit fassungslosen Augen in das tiefe Wasser, worin sich der Abendstern spiegelte. »Was? Das ist doch nicht möglich! Keine Menschenseele kann die Geheimnisse unseres Waldes sehen«, rief er laut und schüttelte entrüstet sein Gefieder. »Das ist extra so bestimmt worden!« Mit Nachdruck schob er seine Brille zurück auf ihren Platz, da sie etwas heruntergerutscht war. Der Abendstern nickte und hob einen Sternenarm. »Das stimmt, jedoch gilt dies nur für Erwachsene, wie ich feststellen durfte. Sie wandern durch unseren Wald und sehen nichts. Das kleine Mädchen war das erste, das ich gesehen habe, was die Geheimnisse im Zauberwald wirklich erkennen konnte.« Er machte eine Pause, während der Wind das Wasser im Brunnen bewegte. Sanfte Wellen glitten über die Oberfläche und kräuselten sich an den Moosflechten, welche den Einhornbrunnen innen und außen vollständig bedeckten.

Gedankenversunken beobachtete Wilfur die Bewegungen des Wassers und fragte sich, wie dies möglich war. Die Eule war schon sehr alt und ihre große Weisheit wurde von den Waldbewohnern sehr geschätzt. Als Einziger seiner Art kannte er all die Geheimnisse, die zwischen den Bäumen lagen. Sie wurden ihm einst zugeflüstert und er behandelte sie mit Bedacht. So wussten von den geheimen Kräften des Einhornbrunnens nur noch die Zeitvogeldame Aruna und die ältesten Einhörner. Denn es waren diese Geschöpfe, die mit Hilfe ihres magischen Horns den Einhornbrunnen erschaffen hatten. Große, alte Sterne, nahezu unendlich in ihrem Leben, so wie der Abendstern, konnten sich im Wasser spiegeln und auf diese Weise mit den Waldbewohnern sprechen, wenn sie es wollten. Auch Sonne und Mond, die den Himmel nicht verlassen konnten, waren damit in der Lage, mit den Bewohnern des Zauberwaldes Kontakt aufzunehmen.

Wilfur wurde aus seinen Gedanken gerissen, als der Abendstern wieder zu erzählen begann. Der Wasserspiegel im Brunnen hatte sich beruhigt. »Das Menschenmädchen kam immer wieder, freundete sich sogar mit ein paar Tieren an und verbrachte mit ihnen viel Zeit. Sie schätzte den Wald sehr und behielt diese Ehrfurcht immer bei, auch später noch, als sie erwachsen wurde und die Magie des Zauberwaldes nicht mehr sehen konnte.«

Die Graueule ließ die Worte auf sich wirken. Allmählich verstand Wilfur, dass es nicht schlimm war, wenn Menschenkinder die Geheimnisse des Zauberwaldes erkennen konnten. Sie lernten und konnten ihn beschützen. Wilfur beobachtete ein paar Ameisen, wie sie zwischen dem Moos auf dem Brunnen hin und her wanderten. Verwundert schaute er in den Nachthimmel, sah den Mond, wie dieser seine Noten weglegte und laut gähnte. Oh weh, da war aber jemand müde.

»Die Nacht ist fast vorbei und du musst gleich gehen«, sagte Wilfur zum Abendstern gewandt. »Weißt du, wie es dem Mädchen gelang, die Magie des Zauberwaldes zu sehen?« »Ja, nach sehr langer Suche habe ich die Antwort gefunden. Der Sternennebel, mit dem wir zum Himmel und zurück schweben, besitzt einzelne Sternenfunken – in manchen davon ruht Magie. Immer wenn der Wind einmal kräftiger durch den Nebel bläst, trägt er Einzelfunken fort. Manchmal sind solche Magiefunken dabei. Wird ein Kind von diesen berührt, kann es danach den Zauber unseres Waldes sehen.« »Oh«, staunte Wilfur.

Ein Ruf hallte durch den Wald, der nur vom Zeitvogel Aruna kommen konnte. Es war an der Zeit, dass die Sterne schlafen gingen und Platz für den Tag machten. Der Abendstern blickte sich um und winkte der Eule zum Abschied zu. »Auf Wiedersehen, guter Freund. Es war mir eine Freude, dir von dem Menschenmädchen zu erzählen.« Wilfur hob einen Flügel zum Gruß und schaute zu, wie der Abendstern auf dem Spiegelbild im Wasser des Einhornbrunnens verschwand. Er hatte noch viele Fragen an ihn, den Ältesten unter den Sternen. Aber Wilfur wusste, dass er diese auch noch später stellen konnte.

Müde rieb sich die Graueule über ihre Augen, breitete die großen Flügel aus und flog zu ihrem Baum. Eine Morgenbrise strich Wilfur durch das weiche Gefieder, als er seine Baumhöhle erreichte. Gähnend fragte er sich, ob auch heute diese besonderen Sternenfunken durch die Luft wirbelten und ein weiteres Kind von den Geheimnissen des Zauberwaldes erfuhr?

1
DAS
EINHORN
GETA

Es war einmal das Einhornkind Geta. Zusammen mit ihren Freunden Eno Eichhörnchen und Klara Wildmaus hatte sie einen schönen Nachmittag auf der Lichtung an den Glimb-Wasserfällen verbracht. Doch nun war es an der Zeit, sich zu verabschieden und den Heimweg anzutreten. Der Zeitvogel Aruna hatte das Signal zum Aufbruch gegeben. Diese mysteriöse Vogeldame, die alle drei Stunden ihren Ruf in verschiedenen Tonlagen durch den Wald schickte, hatte noch nie jemand zu Gesicht bekommen. Jeder wusste, dass sie existierte, aber wo sie saß und woher sie selbst die Uhrzeit kannte, wusste niemand. Es gab viele Geheimnisse im Zauberwald, versteckt zwischen all den hohen Bäumen und dichten Sträuchern, doch Aruna war davon das größte.

Endlich setzten sich die drei Freunde in Bewegung. Geta sprang fröhlich über zwei kleinere Büsche. Eno und Klara liefen in die entgegengesetzte Richtung, da sie dicht beieinander wohnten und es nicht so weit wie ihre Freundin hatten.

Vereinzelt wanderten letzte Sonnenstrahlen über die Baumkronen und würden bald in die nächtliche Dunkelheit übergehen. Das Einhornkind musste sich beeilen, wenn es im letzten Tageslicht nach Hause laufen wollte. Stattdessen hüpfte Geta fröhlich von Moosfeld zu Moosfeld und dachte an den schönen Nachmittag mit Klara und Eno. Sie hatten sich gegenseitig nass gespritzt und gewetteifert, wer sich am längsten mit offenen Augen unter dem Glimb-Fall aufhalten oder die Luft anhalten konnte. Die Zeit war wie im Fluge vergangen, bevor Arunas Ruf durch den Wald gehallt war.

Geta achtete überhaupt nicht auf den Weg, schließlich kannte sie ihn. Als sie jedoch an einem seltsamen großen Baum ankam, der so dick wie sieben ausgewachsene Einhörner war, bemerkte sie, dass sie sich nicht auf dem richtigen Weg befand. Erschrocken schaute sich Geta um. Der Baum, das Feld mit den kleinen weißen Pilzen und die Sträucher mit den roten Beeren kamen ihr nicht bekannt vor. Das Einhornkind rieb sich über die Augen und schaute ihre Umgebung noch genauer an. Vielleicht kam ihr jetzt

etwas bekannt vor. Aber nein – nichts. *Wo bin ich?*, dachte Geta ganz ängstlich.

Eine Vielzahl an Sternen funkelte bereits am Nachthimmel. Auch der Mond war schon aufgegangen und stimmte für alle Lebewesen sein Schlaflied an. Von diesem Lied wurde auch Geta müde und musste gähnen. Sie schüttelte hektisch ihren Kopf, denn sie durfte hier nicht einschlafen. Sie musste nach Hause. Ihre Eltern sorgten sich bestimmt schon.

Da entdeckte Geta das Moos, auf dem sie stand und auf einmal erinnerte sie sich, wie sie dem Gesang des Mondes entkommen konnte. Sie zupfte etwas Moos aus der Erde und stopfte es in ihre Ohren, sodass sie das Schlaflied nicht mehr hörte. Die erwachsenen Einhörner taten dies immer, wenn sie noch bis spät in der Nacht im Zauberwald unterwegs waren. Wenn es die Älteren taten, musste es ja funktionieren. Tatsächlich, nun nahm Geta das Mondlied nur noch als gedämpftes Summen, als weitentfernte Melodie wahr. Das kleine Einhorn trat auf einen Ast. Auch das vernahm sie nur als leises Knacken des Holzes. Jetzt wusste sie aber, dass sie alle anderen Geräusche, die im Wald zu hören waren, noch wahrnehmen würde. Schon verspürte Geta weniger Angst. »Perfekt«, sagte sie hoffnungsvoll zu sich selbst.

Als Nächstes suchte Geta den Weg, von dem sie gekommen war. Sie trabte zurück. Es war bereits zu dunkel, der Mond sandte nur ein schwaches Licht auf die Erde hinab, so konnte sie die richtige Richtung nicht wiederfinden. Überall knackte und raschelte es. Die lauten Rufe von Nachteulen ließen sie mehr als einmal zusammenschrecken. All dies machte es noch schwerer, den Heimweg wiederzufinden und je länger Geta lief, umso mehr schwand ihre Hoffnung. Verzweifelt ging sie immer weiter, kehrte wieder um, ging weiter, suchte den Pfad, kam jedoch jedes Mal an der gleichen Stelle heraus, an der sie mit ihrer Suche begonnen hatte. Schließlich ließ sie sich erschöpft auf das Moos nieder und begann heftig zu schluchzen. Es hatte alles keinen Sinn. Sie hatte sich verlaufen. Große Tränen liefen über ihre Wangen und tropften auf den Waldboden.

Plötzlich kam ein kleiner Stern vom Nachthimmel herab und tippte Geta vorsichtig an. »Hey, was ist los? Warum weinst du? Es ist traurig, ein Einhorn weinen zu sehen«, sprach der Stern mit einer zarten Stimme. »Ich habe mich verlaufen«, schniefte Geta und eine weitere dicke Träne kullerte über ihr weißes Fell. Der Stern sah das Einhornkind mitleidig an. »Kann ich dir helfen? Bestimmt finden wir zusammen den Weg zurück.« »Du möchtest mir helfen?«, fragte Geta überrascht und sah den Stern an. »Aber natürlich, dafür sind wir Sterne doch da: Wir weisen all den Verirrten den richtigen Weg. Und dir zu helfen ist eine Ehrensache!« »Wirklich?« »Wirklich!«, antwortete der Stern. Geta wischte sich

eine letzte Träne weg und sprang auf. »Danke. Ich danke dir so sehr!« Der Stern lächelte und reichte ihr einen Moosfetzen, den er von der Erde aufgehoben hatte. Sie nahm das Moos entgegen und schniefte hinein.

Hoffnungsvoll trabte Geta los und folgte dem Stern, der ihr die Richtung zeigte. Sie gingen einige Meter des Weges, aus dem das Einhornkind gekommen war, bis sie über ein Bächlein sprangen und abbogen. Der Stern spendete ausreichend Licht, sodass Geta immer genug sehen konnte.

Langsam erinnerte sie sich wieder an den Pfad, der sich durch die hohen Gräser schlängelte und den Geta vorhin genommen hatte. »Stimmt«, stellte sie fest. »An dieser Schmetterlingsblume hatte ich gerochen.« Einige Zeit später kamen sie an einem Felsen vorbei, an dem sich das kleine Einhorn freudig zum Stern wandte und sagte: »Ich kenne diesen Ort.« Der Stern jauchzte: »Du erinnerst dich wieder? Das ist super! Ich wusste, zusammen schaffen wir das.« Er strahlte vor Freude noch heller und hüpfte auf und ab. Auch Geta wurde von Freude erfasst und sprang hoch in die Luft. Doch dann fiel ihr etwas anderes ein und ihr Einhornherz sank ihr augenblicklich in die Hufe. »Kannst du trotzdem bei mir bleiben? Es ist so dunkel hier«, fragte sie. »Natürlich, ich lass' dich nicht allein, schließlich siehst du ja ohne mich nicht viel. Außerdem bin ich noch nie mit einem Einhorn gereist«, antwortete der Stern schnell.

Erleichtert ging Geta weiter, nachdem sie kurz verunsichert stehengeblieben war. »Wie lebt es sich eigentlich als Einhorn?« Fröhlich antwortete Geta dem Stern und berichtete von den Einhörnern. Auch lauschte sie wiederum aufmerksam der Erzählung des Sterns. Sein Leben war ebenso interessant, vor allem faszinierte Geta, was all die unzähligen Sterne tagsüber taten. Dies war das größte Geheimnis der Sterne und Geta musste schwören, es niemandem weiterzuerzählen. Denn eigentlich durfte es der Stern keinem Erdenbewohner verraten.

»Ich heiße Geta. Wie heißt du?« wollte Geta wissen, da sie auf einmal merkte, dass sie sich noch gar nicht vorgestellt hatte. »Ich heiße Synius«, antwortete der Stern stolz. »Synius, das ist ein schöner Name.« So wurden der Stern Synius und das Einhorn Geta Freunde.

Als sie eine Senke erreichten, in dessen Mitte mehrere große runde Häuser aus Ästen standen, begann Getas Herz vor Erleichterung zu springen. »Wir sind da.« Schon von Weitem hörten sie die Rufe ihrer Eltern, der Tanten und der Onkel. »Oh, sie suchen nach mir. Hoffentlich sind sie nicht böse, weil ich so spät bin.« Doch als sie ihre Eltern sah, vergaß Geta all ihre Bedenken und stürmte auf die Einhörner zu. »Hier bin ich, Mama, Papa.« »Geta! Wir haben uns solche Sorgen gemacht. Wo warst du bloß? Es ist schon dunkel, wir hatten große Angst, dass...«, redeten sie alle durcheinander. Sie kamen ihrer Tochter entgegengaloppiert. Zur Begrüßung legten sie ihre silbrig glänzenden Hornspitzen aneinander und ein sanftes Leuchten entstand. Dann rieb das kleine Einhorn den Kopf am Hals ihrer Mutter.

»Wen hast du mitgebracht?«, fragte Getas Papa plötzlich. »Das ist mein Freund Synius. Ohne ihn hätte ich den Weg nicht zurück gefunden. Ich hatte mich verlaufen. Eno, Klara und ich waren bei den Glimb-Wasserfällen und dann hatte ich mich verirrt. Plötzlich tauchte Synius auf und fragte, was los sei«, sprudelte es nur so aus Geta heraus. Ihre Eltern nickten, lächelten verständnisvoll und schickten ihre Tochter ins Haus, damit sie etwas essen und danach ins Bett gehen konnte. Geta verabschiedete sich fröhlich von Synius. Als sie eingeschlafen war, träumte sie von dem kleinen Stern und die Abenteuer, die sie gemeinsam erleben würden.

2

DER WÄCHTERSTERN SYNIUS

Die Sonne verschwand hinter dem Horizont und am leeren Abendhimmel erschien der Mond. Es war die Zeit gekommen, in der die Sterne den Himmel betreten durften und mit ihnen der kleine Stern Synius. Bereits den ganzen Tag war er aufgeregt gewesen, was dazu führte, dass er schon eine ganze Weile nicht mehr schlafen konnte. Unruhig raschelte er immer wieder in seiner Sternenknospe umher und stellte sich vor, wie es wohl weit oben am Nachthimmel war. Heute durfte Synius endlich zum ersten Mal mit den Älteren im Sternennebel aufsteigen und am Himmel leuchten.

Weit entfernt hörte er einen Ruf, den des Zeitvogels Aruna. Es war so weit! Leise und vorsichtig öffnete die Sternenknospe ihre goldenen Blütenblätter. Der kleine Stern konnte kaum stillhalten, er hüpfte auf und ab, drehte sich hin und her, um nichts zu verpassen. Seine Augen wurden groß und vor Erstaunen stand

ihm der Mund offen, als er endlich freie Sicht hatte. »Wow«, rief er überwältigt aus. Am Sternenbaum öffneten sich alle goldenen Knospen, aus denen unzählige Sterne schwebten. Nur die kleinen grünen, noch unreifen Knospen blieben geschlossen. Ganz gespannt, was ihn erwarten würde, hüpfte Synius von dem Baum und schloss sich dem Sternennebel an.

Am Himmel angekommen, suchte er sich seinen Platz. Der Sternenlehrer Herr Uhm hatte ihm und den anderen Jungsternen in den Nächten zuvor genau erklärt, was sie zu tun hatten und an welcher Stelle sie leuchten sollten. So wurden sie zu einem wichtigen Teil ihres Sternbildes und fügten sich im großen Himmelszelt ein. Synius gehörte in das Sternbild des Wächters, was ihn mit Stolz erfüllte.

Der kleine Stern hatte inzwischen seinen Platz eingenommen und begann zu strahlen. In den ersten Stunden durfte sein Licht noch nicht so kräftig sein. Erst gegen Mitte der Nacht, wenn der Abendstern am hellsten leuchtete, konnte er auch kräftiger strahlen. Andere wiederum schwächten ihr Licht ab, dennoch waren sie gut zu sehen, hatte Herr Uhm immer wieder erklärt. So leuchtete Synius und wachte mit allen Sternen zusammen über die Nacht.

Toll, von hier aus konnte er den Sternenbaum sehen, wo sie tagsüber schliefen. Der Baum war groß, größer und dicker als ein gewöhnlicher Baum. Seine silbernen Blätter strahlten geheimnisvoll. Die geöffneten goldenen Blüten glänzten magisch in der Nacht, was jedoch nur die Sterne vom Himmel aus sehen konnten. Alle kleinen grünen Jungsternenknospen waren von hier oben aus noch nicht zu erkennen.

Hier und da konnte Synius eine fast goldene Sternenknospe funkeln sehen, die sich in der morgigen Nacht öffnen würde. Besonders zwei Knospen stachen ihm ins Auge, in denen seine Freunde Sehyn und Fovur ihre letzten Hausaufgaben erledigten. Die beiden würden vor Neugierde ihre Sternenknospen einen winzigen Spaltbreit öffnen und Synius einfach über alles

ausquetschen. Wie war die Reise im Sternennebel? Was hatte er alles gesehen? Sahen die Tiere und Menschen wirklich so aus, wie es ihnen Herr Uhm beschrieben hatte?

Tatsächlich entdeckte Synius eine Fuchsmama, die mit ihren Jungen durch das Gebüsch des Waldes strich. Er sah Rehe und sogar einen Hirsch, dessen Geweih viel größer als sein Kopf war, weshalb er schon sehr alt sein musste. Sie kamen aus dem dichten Dickicht gesprungen und suchten auf einem nahegelegenen Feld der Menschen nach Nahrung. Genüsslich knabberten sie an Getreidehalmen und an der Rinde kleiner Bäumchen. »Oh!«, stieß Synius besorgt aus. »Hoffentlich knabbern sie den Sternenbaum nicht an. Ob der überhaupt schmeckt?«, überlegte er laut.

Doch bevor sich der Jungstern weiter Sorgen machen konnte, entdeckte er Einhörner. Gleich drei von ihnen. Und wie schön sie waren! Ihre Felle schimmerten perlmuttfarbig und das Mondlicht brachte sie zum Leuchten. Die Zauberwesen bewegten sich anmutig und voller Eleganz. Ihre weiße Mähne glänzte wie ihre silbernen Hörner auf ihren Häuptern. Die größeren Sterne hatten den Jungsternen von diesen Geschöpfen erzählt, die man nur sehr selten sah. Synius kam aus dem Staunen nicht mehr heraus. Er sah sogar, dass sie sich Moos in die Ohren gesteckt hatten, um das Lied des Mondes nicht zu hören. Das fand Synius lustig. Das Mondlied ließ die Erdenbewohner müde, dagegen die Sterne munter werden. Das war wirklich komisch.

Schnell galoppierten die Einhörner durch den Wald. Sie mussten bereits erwachsen sein, überlegte sich der kleine Stern. Denn die Fohlen durften bestimmt nicht so lange wach bleiben. Neugierig folgte Synius den Einhörnern mit seinem Blick. Wo sie wohl mitten in der Nacht hin wollten? Es dauerte gar nicht lang, da hielten sie an einem einzelnen Gesteinsbrocken. Auf ihm wuchs eine Blume, deren Wurzeln wie ein Netz an den Felsseiten nach unten hingen und sich im Erdboden vergruben. Die Blüte war noch geschlossen, als eines der Einhörner an sie herantrat. Es neigte den Kopf, berührte mit seiner Hornspitze ganz sanft die

Blüte und ihre Blütenblätter öffneten sich. Wow, wie schön sie leuchtete: Rot, mit goldenem Blütenstaub, glänzte sie traumhaft im Schein des Mondes.

»Weißt du, was das für eine Blume ist?«, fragte der Stern neben Synius. Der Kleine schüttelte seinen Sternenkörper und piepste: »Nein. Aber sie ist besonders schön.« »Ja, hübsch, nicht wahr? Das ist eine besondere Blume, die nur erblüht, wenn ein

Einhorn sie mit seinem Horn berührt. Sie heißt Schattenlilie und es kann immer nur eine Lilie pro Nacht zum Blühen gebracht werden«, sagte der Stern mit einer geheimnisvollen Stimme. »Wow, das ist voll cool!«, staunte Synius und seine Augen weiteten sich. Der ältere Stern neben ihm nickte und lächelte. »Wie viele gibt es und wo stehen die anderen?«, wollte Synius jetzt wissen. Mit einem Mal brannten ihm so viele Fragen auf dem Herzen und am liebsten hätte er sie alle gleichzeitig gestellt. »Oh, es gibt ungefähr fünf in einem Mondlauf. Wenn eine Schattenlilie bereit zum Erblühen ist, kann sie dies nur in einer Nacht tun, sonst verwelkt sie.« »Das ist ja traurig.« Synius schaute wieder zu der Schattenlilie. So sehr er über ihre einzigartige Schönheit staunen durfte, umso trauriger wurde er über ihre Vergänglichkeit.

Der alte Stern sprach weiter: »Die anderen Lilien findest du im Wald verteilt.« »Wie finden die Einhörner sie?«, fragte Synius. Sein Gegenüber lachte laut auf. »Sie riechen die Blumen. Und sie sollen besonders gut duften.« »Oh.« Der kleine Stern schnupperte und meinte schließlich enttäuscht: »Ich rieche nichts.« »Du bist ja auch ein Stern und Sterne leuchten, passen auf, wachen über die Nacht. Das ist unsere Aufgabe. So wie es die Aufgabe der Einhörner ist, diese Blumen zu erwecken und noch vieles mehr.« »Was alles?« So berichtete der alte Stern von dem Einhornbrunnen, von dem Heim der besonderen Geschöpfe und all die Legenden, die sich die Menschen über diese Zauberwesen erzählten. Währenddessen beobachteten sie die drei Einhörner auf ihrem Weg durch den Wald und spendeten ihnen ein gutes Licht.

Um Synius herum wurde es auf einmal heller und der kleine Stern erblickte den Abendstern. Jetzt war auch für ihn die Zeit gekommen, um noch heller zu leuchten. Er strengte sich an und legte all seine Leuchtkraft in die Nacht. Dabei dachte Synius noch lange an die Schattenlilie und die Einhörner, obwohl sie längst außer Sicht waren.

In den letzten Stunden vor dem Sonnenaufgang beobachtete er Mäusefamilien, die durch Gebüsche huschten. Etwas später entdeckte Synius zwei Schnecken, die er anfeuerte, damit sie schneller über das Moos krochen. Auch sah er den Fuchsjungen beim Spielen zu. Doch nichts reichte an das Erlebnis mit den Einhörnern heran. Tief in seinem Herzen verspürte Synius eine Freude, die alles überstieg. Er wünschte sich, noch mehr Einhörner und Schattenlilien zu sehen.

Als die Sonne langsam den Tag ankündigte, war es für den kleinen Stern so weit, zum Sternenbaum zurückzukehren und sich auszuruhen. Oh man war er müde! Synius hatte viel gesehen und erfahren. Er hatte sein Bestes gegeben, jedem Lebewesen ein gutes Licht zu sein. Das war ganz schön anstrengend gewesen. Gähnend stieg er im Sternennebel mit den Anderen hinab. Hoffentlich fragten ihn seine beiden Freunde Sehyn und Fovur nicht allzu lange aus. Beide warteten natürlich schon ganz neugierig auf Synius und seinen Bericht. Sie wollten alles wissen, aber der kleine Stern war so müde, dass er beim Erzählen einschlief. Er träumte von Einhörnern und Schattenlilien.

3

DAS EICHHÖRNCHEN ENO

Das Eichhörnchen Eno war sehr erstaunt über das, was ihm seine Freundin Geta Einhorn erzählte. Der kleine Stern Synius war ihr vor zwei Tagen zu Hilfe geeilt, als sie sich verlaufen hatte. »Das ist ja unglaublich spannend«, sagte Eno mit großen Augen. Er hatte noch nie einen Stern aus nächster Nähe gesehen. Klar sah das Eichhörnchen jede Nacht Sterne, wenn sie am Himmel funkelten und hübsche Bilder in die Dunkelheit zauberten. Aber sie waren unerreichbar weit entfernt. Auf die Frage, was die Sterne tagsüber taten, lächelte Geta geheimnisvoll und meinte, sie dürfe es nicht sagen. Versprochen sei versprochen und Versprechen bricht man nicht. Trotz Enos unbändiger Neugier, konnte er Geta verstehen.

Denn sie selbst teilten Geheimnisse miteinander und hatten sich geschworen, niemandem davon zu erzählen.

Irgendwann schickte Aruna ihren Ruf durch den Wald und es wurde für die Freunde Zeit, sich voneinander zu verabschieden. Geta hatte ihren Eltern versprochen, sich schon am späten Nachmittag auf den Heimweg zu begeben, damit sie sich nicht erneut in der Dunkelheit verlaufen würde. Die Freunde verabredeten sich für den nächsten Tag bei Klara Wildmaus und jeder ging danach in eine andere Richtung davon.

Eno kletterte auf einen Baum, hangelte sich an einem Ast entlang und sprang zum nächsten Ast eines nahegelegenen Baumes. Währenddessen stellte er sich vor, wie er einen Stern finden und ihm helfen würde, nach Hause zu finden. Hach, war das ein schöner Traum. Er lächelte und begann, vor sich hin zu summen. Da kam Eno auf eine Idee: Vielleicht hatte er Glück und brauchte nur besonders aufmerksam durch das Geäst zu hüpfen.

Schon fiel Eno tatsächlich etwas ins Auge. »Was ist das?« Vorsichtig sprang er auf einen höherliegenden Ast, blieb stehen und trat dann langsam näher. An dem Zweig über ihm hingen eigenartige, runde Knollen. Die sahen ja putzig aus! Eno trat aufgeregt von einem Fuß auf den anderen, unsicher, was er tun sollte. Schließlich siegte seine Neugier und er stupste eine Knolle mit der Pfote an. Ein leises Quieken erklang. »Huch!« Eno schreckte zurück. Was war denn das? Jemand musste da drin sein, denn nun drang ein piepsiges Schimpfen aus der Knolle hervor. Neugierig, wie Eno einmal war, reckte er vorsichtig seinen Kopf nach vorn und schnupperte. Der Geruch von Holz und Harz, aber auch Moos und Mitternachtsblume kroch ihm in seine kleine Nase. »Hatschi.«

Die Knolle begann, sich von ganz allein zu bewegen. Leicht schaukelte sie hin und her, bis ein Schlitz in der wachsartigen Rinde erschien. Er wurde immer breiter, dann kam eine winzige Baumelfe herausgeflattert. Sie hatte hellgrau geschuppte Haut und trug ein Kleid aus Moos, welches perfekt zu ihren Flügeln

passte, die sich hauchdünn an ihren Rücken schmiegten. Auf ihrem kahlen Kopf trug sie einen Blumenkranz aus winzigen Blütenkelchen. Wütend schimpfte sie vor sich hin. Wie süß das klang! Eno konnte nicht anders, er gluckste vor Verzückung. Das Elfenmädchen drehte sich um und entdeckte das Eichhörnchen, welches sie fasziniert ansah. Sie zuckte zusammen und flatterte nun ihrerseits zurück.

Eno setzte sein freundlichstes Lächeln auf, hob den Arm und sagte: »Hallo, ich bin Eno.« Verdutzt blickte ihn die Baumelfe an, legte ihren Kopf schief und blinzelte. Nach einer Weile piepste sie leise: »Liju.« »Habe ich dich erschreckt? Das wollte ich nicht. Ich war nur so neugierig und wollte wissen, was das ist«, sagte Eno zaghaft und deutete auf die Knolle. Die kleine Elfe schien zu verstehen. »Haus«, antwortete sie. Sie zeigte auf den Kokon am Ast, danach auf sich. »Ach, ich verstehe, das ist dein Haus. Du wohnst hier. Weißt du, ich wohne in einem ähnlichen Gebilde, das die Menschen Kobel nennen«, plapperte Eno aufgeregt weiter. Die Worte kamen ihm so schnell über die Lippen, dass er sie halb verschluckte. Liju kicherte und hielt sich dabei die Hand vor den Mund. »Und wir essen Nüsse. Gaaanz viele Nüsse. Und du? Wir sammeln und verstecken unsere Nüsse, vor allem für den Winter. Wenn wir Hunger haben, graben wir sie aus und fressen sie«, sprudelte es weiter aus Eno heraus, da er tatsächlich hungrig war. Wie zur Bestätigung knurrte sein Magen und er hielt sich seinen Bauch.

Vergnügt lachte die Elfe wieder. Sie flog näher an Eno heran und deutete mit ihrem kleinen Finger auf den Boden, wo Moos und Blumen wuchsen. Sie tippte das Eichhörnchen an und flatterte weiter nach unten. Begeistert folgte ihr Eno, sprang von Ast zu Ast, bis er auf ein Moosbett gehüpft war. Liju wartete bereits an einer Blüte auf ihn. Sie tunkte ihre Hände in den Blütenkelch und leckte sich genüsslich den Nektar von den Fingern ab. Als sie diese vollständig abgeleckt hatte, hielt sie dem Eichhörnchen die Pflanze hin. Eno schnupperte an ihr. Wie süß sie roch. »Das ist

ja eine Schmetterlingsblume!«, rief er, als er sie erkannte. Wenn die Blüte geöffnet war, erinnerten ihre Blütenblätter an einen Schmetterling, der auf der Pflanze saß. Eno tauchte seine Pfote in den Blütenkelch. Als er sie wieder herauszog, klebte eine gelbe süße Masse an ihr, die er sich mit seiner Pfote in seinen Mund steckte. »Iiihhhh, das klebt ja!«, rief das Eichhörnchen laut aus. »Und so süß. Viel zu süß. Das kann man doch nicht essen!« Beleidigt sah ihn die Elfe an. »Und du? Was isst du? Nüsse. Hart.« Sie pochte mit ihrer geschlossenen Faust auf die offene Handfläche. Ein leises Patschen ertönte.

Da kam Eno auf eine Idee. Dass Nüsse sowieso besser schmeckten als dieses Blütennektarzeug und gar nicht so hart waren, konnte er ihr ja beweisen! »Komm mit.« Gemeinsam hüpften und flatterten sie zu der Vorratshöhle des Eichhörnchens, die in einem Baumstamm versteckt und nicht allzu weit von dem Heimatbaum der Elfe entfernt lag. Die Vorratshöhle war noch nicht sehr voll, da es erst Sommer und bis zum Winter noch Zeit war. Als sie angekommen waren, fischte das Eichhörnchen zwei Nüsse heraus. »Bitte sehr.« Er gab Liju eine davon. Aber die Nuss war ihr zu schwer, weil sie als junges Elfenmädchen noch nicht so kräftig war, wie die älteren Baumelfen. Liju landete auf dem Moos und setzte dort die Nuss ab. Dann öffnete sie ihren Mund und wollte gerade in die harte Schale beißen, als Eno hektisch mit seinen Armen herumfuchtelte. »Halt. Stop! Nein. Du musst die Schale erst knacken, das Innere kannst du essen, die Schale nicht. Schau, ich zeig es dir«, sagte er schnell. Er klopfte die Nuss mit aller Kraft auf einen kleinen Stein, knabberte mit seinen Zähnen an ihr herum und klopfte sie anschließend wieder auf den Stein, bis die Nuss auseinander fiel.

Liju hatte verstanden, denn sie nickte. Sie wuchtete ihre Nuss hoch und runter, was ihr offensichtlich einiges abverlangte, da sie ja kaum größer als die Nuss war. Sie wiederholte mehrmals das Klopfen, aber die Nuss blieb geschlossen. Jetzt musste sich Eno das Lachen verkneifen. »Soll ich dir helfen?«, fragte er schließlich. Die Elfe nickte. Nachdem Eno die Nuss geöffnet hatte, gab er ihr den weichen Nusskern und zeigte Liju, dass sie diesen essen konnte. Er aß seinen. »Hm, lecker«, schmatzte er laut. Kritisch beäugte die Baumelfe den Kern, knabberte daran, spuckte das Stückchen sofort wieder aus und hustete. »Hart. Igitt. Das schmeckt komisch.« »Magst du ihn nicht? Kann ich deinen noch essen?«, fragte er stattdessen noch mit vollem Mund. Bereitwillig schob Liju den Nusskern zu Eno, den er gleich an sich nahm. Kaum schluckte er den letzten Bissen seines Kerns hinunter, stopfte er sich noch Lijus Portion hinterher.

Ihnen wurde klar, dass sie zwei völlig verschiedene Geschmäcker hatten, eine Tatsache, über die Eno noch nie nachgedacht hatte. Wie das Eichhörnchen fand, sollten die Geschmäcker auch so bleiben, denn dieses süße Nektarzeug verklebte zu sehr seinen Mund und ließ sich nicht zerbeißen. Eno und Liju kamen auf die Idee, nach Gemeinsamkeiten zu suchen und vielleicht entdeckten sie auch weitere Unterschiede. Ihnen gefiel es, wie sich ein richtiges Spiel aus ihren gegenseitigen Fragen und Antworten entwickelte.

Als es dämmerte und die Zeitvogeldame Aruna schon mehrmals gerufen hatte, verabschiedeten sie sich voneinander und beschlossen, sich am nächsten Tag gleich wieder zu treffen. Eno wollte dann auch seine Freunde mitbringen. Die Baumelfe würde sich bestimmt auch super mit Geta Einhorn und Klara Wildmaus verstehen. Da war sich Eno sicher. Wie sah wohl die Welt des Einhorns oder der Wildmaus aus? Eno wusste einiges über sie, aber vermutlich noch nicht alles. Das sollte sich jetzt ändern! Gemeinsam mit seinen Freunden ihre Lebenswelten zu erkunden, würde bestimmt sehr spaßig sein.

4

DIE BAUMELFE LIJU

Eines Morgens wurde die kleine Baumelfe Liju von einem merk-
würdig klingenden Geräusch geweckt. Erschrocken fuhr sie hoch
und fiel beinahe aus ihrem Bett. Gerade so konnte sie sich noch
halten. Was war los? Verwirrt blickte Liju um sich, konnte aber
nicht entdecken, was sie aus ihrem Schlaf geholt hatte. Auch war
es wieder still geworden. Hatte sie sich das etwa nur eingebildet?
Liju umklammerte die Bettkante, schüttelte sich und lauschte
erneut. Da war es wieder. *Klopf, klopf.* Die kleine Elfe merkte, wie
ihr Kokon sachte hin und her schwang. Jetzt hielt sie sich noch
mehr an ihrer Bettkante aus gewebten Zweigen fest und wartete, bis ihr Zuhause wieder ruhig am Ast hing. Tapfer löste Liju

ihre Finger von einem Zweig und flatterte mit schnellen Flügel-schlägen an die Kokoninnenwand. Diese war rau und von einem gelblich-braunen Farbton. Der Kokon bestand aus getrocknetem Harz und baumelte an einem Ast. Wind und Wetter konnten ihm nichts anhaben. Eigentlich war der ganze Baum besonders: Als Heimatbaum der Elfen war er fast vollständig mit diesen knollen-artigen Gewächsen beladen.

Liju strich ihr Mooskleid glatt und schnappte sich ihren Blu-menkranz, den sie auf ihren kahlen Kopf setzte. Dann zeichnete sie mit ihrer Fingerspitze eine unsichtbare Linie an der Wand. Genau an dieser Stelle entstand ein Riss. Vorsichtig streckte sie ihren Kopf durch die Öffnung. Wieder herrschte erst Stille, doch dann begann abermals das schnelle Klopfen. Die Elfe hopste aus ihrem Heim, faltete ihre Flügel auseinander und flog dem Geräusch entgegen. Es kam von weiter unten. Sie flatterte an mehreren Kokons vorbei, die wie ihrer zum Schaukeln gebracht wurden. Doch das schien niemand weiter zu stören, denn keine andere Baumelfe war in Sicht. *Das Schaukeln scheint vom Baum-stamm herzurühren*, überlegte Liju, da kein Wind über ihre Wan-gen strich. Etwas passierte am Stamm und die Vibration übertrug sich auf die Häuser. Aber was war das bloß? Und was fällt diesem Etwas überhaupt ein, so früh am Morgen einen solchen Krach zu machen?

Als Liju am Stamm entlang flatterte, entdeckte sie einen bun-ten Vogel, der mit schnellen Schlägen seinen Schnabel gegen das Holz hämmerte. Ein Buntspecht! Was hatte der denn hier zu suchen? Erbost näherte sich Liju ihm. »He du!«, piepste sie mit ihrer Elfenstimme, so laut wie sie konnte. »Was machst du da für einen Krach?« Der Buntspecht hielt mitten in seiner Bewegung inne und starrte sie an. »Meinst du mich?«, fragte er irritiert. »Ja, dich.« »Ich bin hungrig und suche nach Futter. Außerdem warten meine Frau und meine Kinder auf das Frühstück«, verteidigte er sich. »Oh«, meinte die Baumelfe. »Es war so laut und da dachte ich…. Hast du schon etwas gefunden?«, fragte sie neugierig, denn

sie hatte noch nie einen Buntspecht an ihrem Baum sitzen sehen.
»Nein«, antwortete er und schaute traurig auf das Loch vor ihm.
»Ich suche nach Würmern und Käfern tief in der Baumrinde. Ich
suche und suche, finde aber nichts.« Da verstand Liju: »Hier gibt
es keine Würmer und Käfer, denn das ist der Heimatbaum von
uns Elfen. Aber siehst du die große Eiche dort hinten? Ich weiß,
dass sie viele solcher Insekten beherbergt.« Der Specht folgte
ihrem Blick und entdeckte die Eiche zwei Bäume weiter. »Bist
du neu hier?«, wollte Liju noch wissen, bevor der Vogel davon-
fliegen konnte. »Ja, das sind meine Familie und ich. Vielen Dank
für deinen Hinweis«, sagte der Buntspecht, breitete seine Flügel
aus und flog zu der Eiche.

Nun wusste Liju, woher das frühmorgendliche Klopfen kam,
welches sie viel zu zeitig aus ihrem Schlaf gerissen hatte. Doch
was nun? Was sollte sie jetzt mit ihrer übermäßigen Zeit anfangen?
Wieder ins Bett und versuchen, noch mal einzuschlafen oder auf-
bleiben und lernen? Der Buntspecht hatte sie komplett aus ihrem
Rhythmus gebracht. Da fiel ihr der süße Nektar der Schmetterlingsblume ein und schon beim bloßen Gedanken, ungestört die
Süßigkeit naschen zu können, lief ihr das Wasser im Mund zusammen. So machte sich Liju auf den Weg. Sie überquerte eine kleine
Lichtung und fand zwischen zwei kleinen Sträuchern die Blume,
von der ein betörender Duft ausging. Dieser kribbelte Liju bereits
auf der Lichtung in ihrer kleinen Stupsnase und ließ ihr voller Vor-
freude noch mehr das Wasser im Mund zusammenlaufen.

Die Blume wuchs direkt am Fuß einer Erle, so wie sie es besonders liebten. Liju sank auf ein großes rundes Seitenblatt, welches
am Stängelboden herausragte, und blickte hinauf zur Blüte. Diese
neigte sich einladend über Lijus Kopf und ließ etwas Blütenstaub
in ihr Gesicht rieseln. »Hatschi.« Die Elfe nieste und kratzte sich
die Nase. Liju streckte sich und umfasste den Rand des Blüten-
blattes. Bedächtig zog sie daran und nach wenigen Augenblicken
floss ihr der klebrige Nektar entgegen. Mit einer Hand formte sie
eine Schaufel, lud sich darauf etwas von der süßen Masse aus

dem Blütenkelch und führte diese zu ihrem Mund. Sie schloss ihre Augen. Hmm, war das köstlich! Verträumt ließ Liju den Nektar auf der Zunge zergehen, als plötzlich ein anderer Geruch in ihre Nase wehte. Die Baumelfe öffnete ihre Augen. Konnte das wirklich sein?

Liju hob den Kopf und schnupperte. Tatsächlich, da war ein wunderschöner Geruch in der Luft, schöner noch als der Duft der Schmetterlingsblume. Begeistert ließ Liju das Blütenblatt los und drehte sich in die Richtung, aus der der Wind ihr den zuckersüßen Duft herantrug. Eine Schattenlilie war heute Nacht erblüht. Wie schön diese Blumen waren! Und so selten. Sie musste sie unbe-

dingt sehen und von ihrem Nektar kosten. Baumelfen ernährten sich hauptsächlich von der Schmetterlingsblume. Doch ab und an aßen sie den Blütennektar der Schattenlilie, denn dieser galt unter dem Elfenvolk als besonders nahrhaft und lecker. Mit der Nase voran, folgte die kleine Elfe dem Duft. Nach kurzer Flugzeit gelangte sie zu einem großen Felsen, auf dem Liju die rote Lilie fand. Goldene Sprenkel leuchteten verteilt auf den Blütenblättern und verzauberten das Elfenmädchen. Sie hockte sich auf eine Wurzel, welche den Fels umfasste und blickte die Pflanze lange an.

Welches der Einhörner sie wohl zum Erblühen gebracht hatte? Hatten sie die anderen Tiere schon entdeckt? Eilig, jedoch äußerst gründlich, leckte sich Liju den restlichen Schmetterlingsblütennektar von ihren Fingern. Schließlich beugte sie sich über die Schattenlilie und kostete von ihrem himmlischen Blütensaft. Jammy, war dieser köstlich! Noch viel besser, als sie es in Erinnerung hatte. Zufrieden lehnte sich die Baumelfe zurück und genoss das wärmende Gefühl, welches der Blütennektar in ihr hinterließ. Liju stieß ein wohliges Seufzen aus.

Während sie so da saß und genoss, erwachte der Wald vollständig aus seinem Schlaf. Mit Ruhe lauschte sie den neuen Geräuschen, die weiter zunahmen, bis eine vielstimmige Klangkulisse an Lijus spitze Ohren drang: Vögel sangen in ihren Bäumen ein fröhliches Guten-Morgen-Lied, im Gebüsch raschelte es vor Betriebsamkeit und Insekten surrten in der Luft. Sogar die Lilie gab ein Flüstern von sich, wenn der Wind durch sie hindurch fuhr. *Das ist traumhaft schön, so könnte jeder Tag beginnen*, dachte Liju fasziniert.

Als sie satt war und wirklich nichts mehr in ihren Bauch passte, verharrte die kleine Elfe noch für einige Augenblicke. Dann trat sie mit einem kräftigen Ruck den Heimweg an, schließlich musste Liju noch für ihre Abschlussprüfung lernen. Die Kunst, den kleinen Vogelkindern das Singen beizubringen, stand auf dem Lehrplan. Das machte zwar riesigen Spaß, aber so einfach war es leider nicht. Zuerst musste die Baumelfe das Vertrauen der Vogelkinder gewinnen. Wenn sie dies geschafft hatte, musste sie ihnen zeigen, wie diese ihre Stimme verwenden konnten, um Laute zu bilden. Erst danach sang ihnen Liju eine Melodie vor, die ihre Schulkinder lernen sollten. Dabei benötigte die Elfe viel Feingefühl und Geduld. Auch auf die richtige Gesangstechnik kam es an. Zudem musste die kleine Elfe ganz genau lernen, welches Lied welcher Vogel sang, denn nicht jeder zwitscherte die gleiche Melodie. Machte sie einen Fehler, war das fatal. Nicht auszudenken, wenn die Amsel das Lied der Blaumeise sang. Alles würde durcheinander geraten. Somit lernte Liju fleißig, denn sie wollte ihre Lehrerin Frau Birke beeindrucken.

Am besten lernte die Baumelfe, indem sie in ihrer Wohnung umherflatterte, die Melodien vor sich hin summte und laut die dazugehörige Vogelart ansagte. Als es Nachmittag wurde, traf Liju ihre Freundin Amseline und übte die richtige Singtechnik sowie die korrekte Körperhaltung. Liju war stolz auf sich. Jede Anweisung an Amseline stimmte. Nur zweimal gelang es der Elfe nicht, einen hohen Ton zu treffen. Statt eines angenehmen Lautes, kam ein Quietschen über ihre Lippen. Das Amselkind zwitscherte Liju nach. Als der letzte Quietschton verklungen war, lachten sie lauthals los.

Sie lachten und lachten, machten noch mehr Unfug und lachten, dass sie sich nur so ihre Bäuche halten mussten. »Das ist so witzig«, glucksten sie, als Amseline erneut eine Melodie rückwärts sang, anstatt von vorn. Auch brachten Liju und die Amsel so manche Noten durcheinander, sodass nur ein seltsames Gurren zu hören war. Die kleine Elfe wies ihre Freundin sogar an, rückwärts zu fliegen oder einen Looping zu machen und dabei zu singen. Das klang erst recht komisch, da Amseline sich immer wieder versang und von Neuem beginnen musste. Trotz des ganzen Unfugs glaubte Liju fest daran, dass sie ausreichend auf die Prüfung vorbereitet war. Und Späße mussten auch mal erlaubt sein!

Sie rieben sich ihre Bäuche, da sie so viel gelacht hatten, dass diese ihnen wehtaten. So beschlossen die Freundinnen, mit dem Üben aufzuhören und gönnten sich stattdessen ein erfrischendes Bad an den Glimb-Wasserfällen. Wie gut das tat. Vergnügt planschten Liju und Amseline im kühlen Wasser. Nach dem übungsreichen Nachmittag spielten sie einfach nur und dachten nicht mehr an die Abschlussprüfung. Erst als die Sonne zu sinken begann und Aruna das Ende des Tages verkündete, verließen sie die Wasserfälle. Amseline kehrte zu ihrer Familie zurück, während Liju abermals zur Schattenlilie flog und von dem süßen Nektar naschte. Die Elfe setzte sich, schleckte an ihren Fingern und bestaunte noch lange die wunderschöne rote Blüte.

Irgendwann flog Liju zu ihrem Heimatbaum zurück, der im Halb-
dunkel von zahlreichen Glühwürmchen umschwirrt wurde, so
wie jeden Abend. Gähnend grüßte sie die Leuchtkäfer, die für
Liju zur Seite schwirrten und ihr den Weg zum Kokon frei machten. In der Nacht träumte sie von Frau Birke, wie diese sehr stolz
auf ihre Schülerin war, weil das Elfenmädchen so fleißig gelernt
hatte. Auch träumte sie von den kühlen Wasserfällen, dem Bade-
spaß mit Amseline und von der Schattenlilie – besonders von der
Schattenlilie.

5

DIE WILDMAUS KLARA

Die Wildmaus Klara war sehr erstaunt über die Erzählungen von Geta und Eno. Beide hatten tolle Abenteuer erlebt und gleichzeitig neue Freunde gefunden. Oft trafen sie sich gemeinsam mit Synius und Liju und spielten miteinander. Obwohl sie regelmäßig ihre Nachmittage zusammen verbrachten, fühlte sich Klara häufig allein. Denn sie hatte noch nichts Tolles erlebt. Kein besonderes Abenteuer, welches sie ihren Freunden stolz erzählen konnte. Daher war sie oft traurig.

In der Nacht träumte Klara von Baumelfen und Sternen, wie sie ihnen helfen konnte, wenn sie Hilfe brauchten. Voller Stolz wachte sie auf, nur um kurz darauf festzustellen, dass sie nur geträumt hatte. Aber davon versuchte sich Klara ihre gute Laune nicht verderben zu lassen. Ganz im Gegenteil! Wie immer sagte sie sich auch an diesem Morgen: »Heute erlebe ich etwas Besonderes. Ich werde gebraucht.«

Fröhlich frühstückte sie süße Früchte. Die blauen Beeren aß sie gern am Morgen, denn sie waren nicht nur wundervoll saftig, sondern besaßen auch eine überaus gut sättigende Wirkung und verliehen reichlich Energie für den Tag. Gut gestärkt schulterte Klara ein leeres Tuch und verließ ihre Mäusehöhle. Da ihr Nahrungsvorrat allmählich zu Ende ging, war es an der Zeit, Futter zu sammeln und in ihre große Vorratskammer zu schaffen. Außerdem war der Sommer fast vorbei und der Herbst klopfte an die Tür. So langsam war es auch Zeit, an einen Wintervorrat zu denken. Deshalb musste Klara nun jeden Tag etwas mehr sammeln, um auch im Winter ausreichend Essen zu haben.

Natürlich wusste Klara, woher sie Nahrung bekam und machte sich zu ihrem Lieblingsplatz auf. Schon auf dem Weg dorthin sammelte die Wildmaus Nüsse und herausgefallene Körner aus herumliegenden Getreideähren oder popelte Apfelkerne aus ihrem Gehäuse. Alles Essbare, was ihr vor die Nase kam, hob Klara auf, schnupperte daran und legte es in ihr Tuch. Dieses hatte sie mittlerweile zu einem Sack verknotet, den sie an einem Stock über der Schulter trug. So fanden all die Köstlichkeiten genug Platz

und Klara konnte ganz viel einsammeln. Doch es dauerte gar nicht lang, da war der Sack prall gefüllt und immer wieder fielen vereinzelt Körner heraus. Ein Hinweis für Klara, dass sie für heute genug gesammelt hatte und sich auf den Rückweg machen musste. Sie stopfte die letzte Nuss rein und verknotete notdürftig das Tuch. Der Knoten wollte nicht richtig halten, da die Maus sehr viel in dem Tuch verstaut hatte. Jedoch die Hälfte wieder ausschütten, wollte Klara nicht. Also hievte sie den fetten Sack auf ihre Schulter und wäre beinahe umgekippt. Huch, war das schwer! Klara torkelte zwei Schritte vor, zur Seite und zurück, bis sie endlich das Gleichgewicht wiedergefunden hatte. Sie beugte sich nach vorn und tapste langsam nach Hause.

Als sie ihre Mäusehöhle erreichte, nahm sie den Sack von ihrer Schulter, stellte ihn auf den Boden und zog ihn in die Vorrats-

kammer. Dort öffnete Klara die Knoten und das Tuch fiel sofort auseinander. Der gesamte Inhalt kullerte wild durcheinander, sodass die Maus zur Seite hopsen musste. Dann begann sie, alles zu ordnen, zu sortieren und legte die gesammelten Sachen an unterschiedliche Plätze. So kamen die Apfelkerne in Schüsseln. Die Getreidesamen sammelte Klara in einem alten Krug und die Nüsse stapelte sie in einer Ecke. Wow, ganz schön ordentlich, die kleine Maus!

Nachdem Klara fertig war und etwas gegessen hatte, huschte sie auf eine kleine Lichtung. Dort kuschelte sie sich ins weiche Moos und ließ die Sonnenstrahlen über ihr Gesicht tanzen. Kurz dachte Klara an Geta und Eno, die noch in der Einhorn- und Eichhörnchenschule waren und die sie heute Nachmittag wiedersehen würde. Was die beiden wohl lernten? Sie selbst besuchte keine Schule, weil alle Wildmäusekinder von ihren Eltern zuhause unterrichtet wurden. Hach, wie herrlich die Sonne schien und Klaras braunes Fell wärmte. Sie kitzelte sogar etwas auf der Haut. Fast hätte die kleine Maus gelacht.

Mit halb geschlossenen Augen genoss sie das Sonnenlicht und war kurz vorm Eindösen, als plötzlich ein dunkler Schatten auf sie herabfiel. Klara öffnete ihre Augen und sah in den Himmel. Sie entdeckte sofort den riesigen Vogel, der hoch oben über ihr kreiste und den Schatten warf. Ein Mäusebussard! Klara blieb das kleine Mäuseherz stehen. Wie konnte sie so unvorsichtig sein? Hastig sprang sie auf und huschte ins nahegelegene Gebüsch. Hatte er sie bereits entdeckt? Klaras Herz pochte wild in ihrem kleinen Körper. Hektisch atmete sie ein und aus. Dann sah sie, wie der Raubvogel immer tiefer sank. Sie versteckte sich unter einem großen Farn, der ihr hoffentlich ausreichend Schutz bot, und verharrte ganz still. Doch ihre Angst ließ sie unaufhörlich zittern. Als der Bussard einen Schrei ausstieß, sträubte sich Klaras Fell und vor lauter Schreck entwich ihr ein ängstliches Piepsen.

Minuten schienen zu vergehen, ohne dass etwas geschah. Vorsichtig wagte die kleine Maus einen Blick aus ihrem Versteck und sah gerade noch, wie der große Vogel an einer anderen Stelle niederging. Ohne weiter Zeit zu verlieren, rannte Klara los. Einige Gräser raschelten, als sie zwischen ihnen hindurch sauste, über Wurzeln sprang und sich durch niedrige Sträucher kämpfte. Mit Eno und Geta wäre das nicht passiert oder einem Stern, der sie beschützte, dachte sie plötzlich. Sofort wurde es Klara erneut schwer ums Herz und Trauer stieg in ihr auf. Sie wurde langsamer, schniefte und begann heftig zu schluchzen. Dicke Tränen kullerten aus ihren Augen und tropften auf die Erde. Sie war für nichts zu gebrauchen. Sie war so klein. Wäre sie größer, bräuchte sie nie Angst vor einem Bussard zu haben. Schließlich schmiegte sich die

kleine Maus zwischen die Wurzeln eines Baumes, vergrub das Gesicht in ihren Pfoten und weinte bitterlich.

Schon wieder fiel ein großer Schatten auf Klara. Doch dieses Mal zuckte sie nicht erschrocken zusammen. Auch nicht, als der Schatten sich über ihr hin und her bewegte. Es war egal. Alles war egal. »Warum weinst du so fürchterlich, kleine Maus?«, erklang eine tiefe, verschlafene Stimme. Klara blickte auf. Über ihr saß Wilfur, die weise Eule des Zauberwaldes und sah sie mit müden Augen an. »Ich wäre fast zu Bussardfutter geworden«, schniefte sie leise. »Aber das bist du nicht. Solltest du da nicht erleichtert sein?«, fragte Wilfur. »Das ist es nicht. Ich bin einfach zu klein. Immer bin ich zu klein für etwas, sodass sich nur Bussarde für mich interessieren. Ich möchte auch so groß und stark sein, wie meine Freunde Geta und Eno. Aber ich bin nur klein und zu nichts nütze.« »Oh, was ist los kleine Maus? Wie ist dein Name?«, fragte die Eule weiter. »Ich bin Klara.« Dann erzählte sie Wilfur ihren gesamten Kummer. Geduldig hörte er zu.

»Wie hast du mich hier eigentlich gefunden?«, piepste Klara schließlich. »Ich schlief dort oben auf meinem Ast und plötzlich hörte ich jemanden bitterlich weinen. Ich wollte wissen, wer das war und ob ich helfen kann.« Wilfur hob erklärend seine Flügel. »Vielleicht kannst du mir ja helfen. Weißt du einen Rat, wie ich stärker und nützlicher werde? Jemand, der nicht nur zum Verspeisen da ist?«, fragte Klara hoffnungsvoll. »Puh, du stellst mir Fragen.« Wilfur kratzte sich nachdenklich am Schnabel. »Glaubst du nicht, dass du perfekt bist? Du hast genau die richtige Größe, schönes weiches Fell, bist flink und wendig.« Enttäuscht ließ Klara ihren Kopf hängen. »Warum möchtest du anders sein?«, erkundigte sich die Eule weiter. »Nur weil deine Freunde besondere Abenteuer erlebt haben, heißt das nicht, dass du keine erlebst. Du bist gerade einem Mäusebussard entkommen. Das ist doch mal ein Abenteuer!« Klara hob wieder ihren kleinen Mäusekopf und blickte die Eule nachdenklich an. Ermutigend nickte Wilfur ihr zu.

»Deine Freunde sind groß und besonders, ja. Aber du bist auch besonders. Du hast eine große Aufgabe und bist sehr wichtig. Es kommt dabei nicht darauf an, wie groß man ist«, versuchte Wilfur zu erklären. »Jeder von uns ist einzigartig und trägt seinen Teil zum großen Ganzen bei. So verteilst du während deines Futtersammelns Samen und Körner, aus denen im nächsten Frühling Pflanzen wachsen können. Du baust Löcher in die Erde und lockerst damit den Boden auf. So können die Pflanzen besser ihre Wurzeln verteilen und das Wasser kann gut in die Erde fließen. Wie du siehst, tust du als kleines Wesen Großes. Darauf kannst du stolz sein!«, zwinkerte die Eule Klara zu.

Die Wildmaus sah Wilfur den Weisen mit großen Augen an. Konnte das wirklich stimmen? Sie dachte an den heutigen Tag zurück und ihr fiel auf, dass sie tatsächlich etwas Nahrung unter-

wegs verloren hatte. Auch hatte sie gestern erst ihre Vorratshöhle erweitert. Ja, Wilfur hatte recht. Sie war in Ordnung und
wunderbar, so wie sie war. Sogar ihre Freunde mochten ihre Art.
Klein, flink und zum Knuddeln. Diese Erkenntnis ließ ihr Herz vor
Freude hüpfen. »Danke Wilfur. Vielen lieben Dank, dass du mir
geholfen hast«, freute sich die Maus. Wilfur deutete eine Verbeu-
gung an und machte zwei Schritte zurück. Dann breitete er seine
Flügel aus, unterdrückte beherzt ein Gähnen. »Ich freue mich,
dass ich dir doch noch helfen konnte und es dir jetzt besser geht.
Du lächelst sogar. Aber wenn es dir nichts ausmacht, würde ich
wieder auf meinen Ast zurückkehren und weiterschlafen.« Natürlich hatte Klara nichts dagegen. Wilfur verabschiedete sich und
kehrte zu seinem Ast zurück.

Klara sah der Eule noch einen Moment nach und hüpfte dann
fröhlich davon. Geta und Eno würden jetzt bestimmt Zeit haben
und bald schon würde der Stern Synius zu den Freunden stoßen.
Mit einem Mal konnte es die kleine Maus kaum erwarten, ihre
Freunde zu sehen. Die waren genauso wunderbar wie sie selbst.
Außerdem hatte sie heute auch etwas Tolles erlebt und konnte
allen davon erzählen.

6

DIE
JUNGSTERNE
FOVUR UND SEHYN

Ein kühler Wind strich durch die Wolken und der kleine Stern Sehyn sowie der dicke Stern Fovur erwachten. Jeden Abend wetteiferten die zwei Freunde von Synius, wer der schnellere von beiden war und die meisten Sterne überholte, während sie im Sternennebel zum Himmel trieben. Häufig gelang es einem von beiden, als allererstes in ihrem Sternenbild anzukommen und alle anderen überschwänglich zu begrüßen. Sie machten sich einen Spaß daraus, insbesondere dann, wenn die Ältesten den Jungsternen mit einem humorvollen Lachen antworteten.

Doch heute waren Sehyn und Synius bereits unterwegs, als Fovur gerade erst erwachte und sich seine verschlafenen Augen rieb. »Fovur, wo bleibst du denn?«, riefen ihm seine Freunde zu. Sehyn blieb an Ort und Stelle schweben, während Synius eilig nach unten flog. Er wollte noch Geta, Eno, Liju und Klara besuchen, obwohl es für sie schon ziemlich spät war. Fovur gähnte laut, rieb sich ein letztes Mal über die Augen, reckte und streckte seinen Sternenkörper. Dann hüpfte er aus der Sternenknospe und schloss sich den letzten Sternen an. »Wo ist Synius hin?«, fragte er verwundert, als er bei Sehyn ankam. »Er ist kurz bei seinen Erdenfreunden, bevor es zu spät wird. Weißt du doch«, meinte dieser etwas genervt und flog weiter. »Komm.«

Sie folgten den Nachzüglern und nahmen ihre angewiesenen Plätze ein. Beide strahlten direkt nebeneinander im Sternbild der Eule. Ihr Lehrer Herr Uhm zog an ihnen vorbei und nickte. »Heute nicht die Ersten?«, begrüßte er seine Schüler im Vorbeifliegen. »Mhm«, machte Sehyn nur und blickte zu Fovur, der wieder herzhaft gähnte. Es war Winter geworden und Schnee hatte die Erde bedeckt. Viele Tiere nutzten die kalte Jahreszeit, um zu schlafen oder einfach die Stille im Zauberwald zu genießen. Erst zum Frühlingsbeginn würden sie wieder aus ihren Winterquartieren hervorkommen und den Wald mit Leben füllen. Bis dahin blieb es ruhig und, mit den Worten von Fovur, sehr, sehr langweilig. Er gähnte wieder lautstark. Heute schien es besonders eintönig zu sein! Es gab nichts zu sehen. Müde fielen ihm seine Augen zu.

Sehyn jedoch war putzmunter und stupste seinen besten Freund immer wieder kräftig an. »Hey, wach bleiben! Schau dir mal die Menschen dort unten an.« Er deutete auf ein paar wenige Personen, die sich tatsächlich im Freien aufhielten, um – ja, um was eigentlich? Fovur brummte etwas Unverständliches, kam aber Sehyns Aufforderung nach und schaute nach unten. Plötzlich war auch er hellwach. Voller Neugierde blickten sie auf einen zugefrorenen See, der am Rande des Waldes lag. Vereinzelte Menschen liefen einfach so darauf herum. Dabei schienen sie kein Ziel zu haben, denn sie gingen im Kreis und machten komische Figuren. Die zwei Jungsterne rückten ein Stückchen auf ihren Plätzen nach vorn, damit sie alles genauer beobachten konnten. Da fiel ihnen auf, diese Leute liefen ja gar nicht, nein, sie hatten so komische, silberne Dinger an ihren Füßen und fuhren damit übers Eis. Mal schneller, mal langsamer, aber immer im Kreis.

Sehyn und Fovur schauten ihnen eine ganze Weile zu. »Dass denen nicht schwindelig wird. Muss doch langweilig sein, immer im Kreis zu fahren. Warum schlafen die eigentlich nicht?«, brummte der Dicke, als es ihm wieder zu langweilig wurde. Verwundert sah er zum Mond, der ebenso am Nachthimmel schwebte und sein Schlaflied sang. »Alle Erdenbewohner werden doch müde und schlafen«, grübelte Fovur. »Die Menschen doch nicht. Sie können das Lied nicht hören. Ebensowenig wie sie Aruna hören können. Hast du wieder nicht aufgepasst!?« ärgerte ihn Sehyn. »Doch, habe ich...«, wehrte sich Fovur lautstark und fügte kleinlaut ein »...hatte ich wieder vergessen« hinzu.

Sein Freund antwortete nicht. Stattdessen strahlte Sehyn plötzlich aus voller Kraft und tauchte alles um sie herum in helles Licht. Irritiert blinzelte Fovur seinen kleineren Freund an. »Ey, was machst du denn da? Wir sollen doch noch nicht so hell leuchten! Jetzt hast du im Unterricht nicht aufgepasst.« »Ich möchte, dass die Menschen ausreichend sehen. Damit sie sich nicht stoßen oder ineinander fahren und verletzen«, verteidigte sich Sehyn mit seiner Piepsstimme, die vor Stolz angeschwollen war. Aber Fovur

ließ nicht locker: »Die haben diese Lichterdingsda am Ufer stehen und sehen schon genug.« »Tun sie nicht! Sieh doch, die zwei dort unten haben sich angerempelt, da ist ein Mädchen gestürzt. Und dort das Paar! Sie drehen sich ständig um die eigene Achse, als wüssten sie nicht, wohin sie fahren sollen.« »Vielleicht machen sie das ja absichtlich und das gehört dazu? Verdunkle dein Licht, du zerstörst unser Sternbild. Wir müssen gleichmää-hää-ßig leuchten«, bestand Fovur auf das Sternleuchtegesetz und betonte das Wort *gleichmäßig* extra stark. »Du kriegst Ärger und ich wahrscheinlich auch. Also, lass das!« »Nein!« »Doch!«

Sehyn holte tief Luft und wollte schon etwas ganz Gemeines zu Fovur sagen, als plötzlich eine verärgerte Stimme hinter ihnen erklang. »Was macht ihr denn für einen Lärm?« Erschrocken drehten sich die zwei Jungsterne um. Ihr Lehrer Herr Uhm schwebte vor ihnen und musterte beide aufmerksam durch seine schiefe Brille. »Sehyn strahlt viel zu hell, Herr Uhm«, sprudelte es aus Fovur heraus. »Ich möchte nur den Menschen ausreichend Licht geben«, verteidigte sich Sehyn. »Die sehen doch sonst nichts.« Er deutete nach unten. Herr Uhm schaute nun ebenfalls zur Erde.

»Hm«, überlegte er. »Das ist wirklich sehr aufmerksam von dir, aber sie haben ihre Fackeln, welche ihnen genügend Licht spenden. Wir brauchen gar nicht heller zu leuchten. Sie sehen genug und haben Spaß. Außerdem ist es wichtig, dass sich jeder Stern an die Regeln hält.« »Siehst du!«, kam es von Fovur. Sehyn dachte nach und plötzlich brannte ihm eine Frage auf seinem kleinen Sternenherzen: »Warum ist es wichtig, dass wir die Regeln einhalten?« »Weil...«, begann Herr Uhm, »...sonst alles durcheinander kommt. Wenn alles durcheinander ist, können wir niemandem mehr helfen. Wir leuchten den Weg, ist ein Stern heller, als er darf, können sich alle Tiere und die Menschen nicht mehr richtig an uns Sternen orientieren. Das gilt auch für unsere alte Aruna, weil sie dann eine falsche Uhrzeit verkündet«, erklärte er geduldig. Sehyn und Fovur staunten. »Oh.« »Also sehen die Menschen ausreichend«, stellte Sehyn fest. »Das ist richtig. Sogar die Menschen, die mit Laternen im Wald umherspazieren. Auch sie sehen genug.« »Oh«, sagten die zwei kleinen Sterne erneut gleichzeitig. Das hatten sie vor lauter Streitigkeiten gar nicht bemerkt.

Jetzt sahen sie zu der Stelle, zu der Herr Uhm deutete. Tatsächlich, dort unten spazierte eine kleine Menschengruppe durch den Wald. In den Händen hielten sie viereckige Leuchtdinger, Laternen, wie der Lehrer sie genannt hatte. Eine Weile beobachteten die Sterne die vier Menschen unter ihnen. Sie schienen etwas zu suchen. Überall schauten sie unter Äste und Wurzeln, krochen in das schneebedeckte Gestrüpp und umrundeten sogar Bäume. Schließlich jubelte einer von ihnen. Er hatte wohl das gefunden, was sie suchten und zog eine Kiste aus einem Strauch. Seine Kameraden klopften ihm auf die Schulter. Nun beugten sich alle über die Kiste. Sehyn und Fovur versuchten, auch einen Blick auf den Inhalt zu erhaschen, aber sie hatten keine Chance, die Menschengruppe versperrte ihnen die Sicht. Enttäuscht rückten sie wieder zurück auf ihre Plätze. Die Schatzsucher verschlossen indes die Kiste wieder, nahmen sie zusammen mit ihren Laternen auf und zogen weiter. »Das haben wir ja gar nicht bemerkt«, staunte Fovur schließlich. »Danke Herr Uhm, aber schade, dass wir nicht gesehen haben, was in der Kiste war«, sagte Sehyn. Der alte Stern nickte ihnen zu und glitt als Sternschnuppe weiter über das Himmelszelt. Seine zwei Schüler verhielten sich nun ganz ruhig und taten wie geheißen.

Nach wenigen Stunden sahen sie plötzlich etwas, was sie noch nie zu Gesicht bekommen hatten. Natürlich hatte ihnen Synius von seinen Erlebnissen erzählt, aber sie jetzt selbst zu sehen, brachte die Jungsterne abermals zum Staunen und ihre Augen zum Leuchten. Einhörner – gleich drei von diesen sagenumwobenen Geschöpfen trabten auf eine Lichtung und verschwanden in einem kuppelartigen Gebilde aus Ästen. Wo sie wohl herkamen? Was hatten sie zu dieser späten Stunde mitten in der Nacht noch getrieben? Warum schliefen sie nicht? Leise flüsternd tauschten sich die zwei Freunde über ihre Ideen aus, wobei jeder seine ganz eigene Theorie hatte.

Sehyn und Fovur hatten in dieser Nacht sehr viel gelernt. Als die Morgendämmerung einsetzte, verabschiedeten sie sich von den anderen Sternen und schwebten zu ihrem Sternenbaum zurück. Unterwegs trafen sie ihren Freund Synius und berichteten ihm, was sie heute gesehen hatten. Sternenstark, war das aufregend! Am Sternenbaum angekommen, kuschelten sich die drei in ihre Knospen und erträumten sich weitere Abenteuer.

7

DIE GRAUEULE WILFUR

Wilfur, die weise Eule, feierte seinen einhundertsten Geburtstag und die Bewohner des Zauberwaldes saßen mit ihm an einer langen Festtafel, schnatterten wild durcheinander oder tanzten zur Musik des Tierorchesters. Klara und ihre Freunde waren höchstpersönlich von Wilfur eingeladen worden und gerade lachten sie über einen Witz, den die kleine Wildmaus zum Besten gegeben hatte. Allerdings lachten nur Eno, Geta, Liju und natürlich auch Klara. Synius, Sehyn und Fovur schauten ihre Erdenfreunde verständnislos an und verstanden nicht, was an einem Menschenkind, das wie ein Vogeljunges piepste, lustig war.

Als die vier endlich ausgelacht hatten, erblickten sie die ratlosen Gesichter der Sterne und prusteten wieder los. »Was ist denn so lustig?«, fragte Sehyn und wedelte ungeduldig mit seinen Ärmchen. »Naja, also…«, japste Geta zwischen zwei Lachern, wurde aber unvermittelt von Eno unterbrochen. »Essen!«

Zehn winzige Baumelfen trugen einen schweren Korb auf die Lichtung. Ein verführerischer Duft nach Gebäck und süßem Nektar stieg den Feiernden in die Nasen. Baumelfen mochten sehr klein sein, jedoch waren sie besonders kräftig und konnten, wie Ameisen, ein Vielfaches ihres Körpergewichts tragen. Etwas, über das Fovur sehr staunte. Demzufolge beobachtete er fasziniert, wie die Elfen den großen Korb auf einem Baumstumpf abstellten und keine Spur der Erschöpfung zeigten. Im Gegenteil, wild zeterten sie los, als sich alle Gäste zur gleichen Zeit auf den Korb stürzen wollten.

Jeder versuchte der Erste zu sein. Auch Geta, Eno, Klara und Liju. Belustigt schauten ihnen Synius, Sehyn und Fovur zu, wie sie sich zwischen all die anderen quetschten. Da die Sterne bereits während der Tagesstunden am Sternenbaum gegessen hatten, blieben sie auf ihren Plätzen und lachten über die Verfressenheit ihrer Freunde. »Was denkst du, sind die Menschen auch so verfressen?«, fragte Sehyn Synius. »Es ist genug für alle da. Jeder, der sich etwas zu Essen genommen hat, setzt sich bitte wieder auf seinen Platz«, tönte Wilfurs tiefe Stimme über die hungrige

Meute. Tatsächlich wurde das Gewimmel am Futterkorb weniger und die Tiere stellten sich in einer Reihe auf. »Na geht doch«, piepsten die Baumelfen zufrieden und begannen nun, den Tieren bei der Auswahl ihres Futters zu helfen. Nacheinander bekamen alle eine Portion und kehrten mit gefüllten Tellern zur Festtafel zurück. Doch, statt mit dem Essen zu beginnen, warteten sie, bis jeder seinen Platz wieder eingenommen und Wilfur sich in der Mitte des Geburtstagstisches niedergelassen hatte.

Die Eule blickte fröhlich und dankbar in die Runde und setzte zum Sprechen an. *Oh nein, jetzt bitte keine lange Rede*, dachte Eno und rieb sich seinen knurrenden Bauch. Vor ihm lag ein Gebäck aus Nüssen und wartete darauf, von ihm verspeist zu werden. »Meine lieben Gäste. Danke, dass ihr gekommen seid. Einhundert Jahre lebe ich jetzt schon hier im Wald und staune immer wieder über...«, er machte eine lange Pause, blickte alle an und verzog dann seinen Schnabel zu einem schelmischen Schmunzeln, »...eure knurrenden Mägen und die Fülle, die ihr verdrücken könnt. In diesem Sinne: Lasst es euch schmecken!« Welch ein Glück, eine kurze Rede!

Sofort war die Luft von lautem Schmatzen erfüllt. Hier und da begannen erste Gespräche, bis schließlich nur noch ein wildes Geschnatter zu hören war. Jeder hatte etwas zu erzählen und alle redeten durcheinander. Manche schrien sogar ihren Nachbarn an. Geta störte sich nicht daran, sie wollte den süßen Nektar probieren, den Liju ihr gerade entgegenhielt. Eno sah das, schüttelte heftig den Kopf und versuchte, seine Freundin zu warnen. »Pass auf, das ist viel zu süß und bleibt an den Zähnen kleben. Ich spreche aus Erfahrung«, sagte er mit einem erhobenen Zeigefinger. Liju presste sich eine Hand auf ihren Mund und kicherte. »Ich probiere trotzdem«, meinte Geta ohne zu überlegen und nahm einen Happen aus der Schale. »Hmm, ist das köstlich! Ich weiß nicht, was du daran zu süß findest, Eno.« Sie zog die Nektarschale zu sich und leckte sie aus. Das Eichhörnchen verzog seinen Mund. »Päh!!!« Er sah zu Liju, die sich über eine weitere

Schüssel gebeugt hatte, zurück zu Geta und danach zu seinen restlichen Freunden. Fast alle aßen und wirkten glücklich.

Nur die drei Sterne aßen nicht. Vielmehr beobachteten sie interessiert die Waldbewohner. Verrückt, was die alles verdrückten. Die Wildmaus Klara knabberte an Grashalmen und Beeren, Eno hatte sich schließlich eine zweite Portion Nusskekse geholt und die Eule Wilfur pickte gerade einen Wurm vom Teller. Sogar Baumrinde wurde von den Rehen verspeist. Dass das schmeckte, konnten sich die drei überhaupt nicht vorstellen. »Was esst ihr eigentlich?«, wollte Klara plötzlich wissen. »Für euch scheint ja gar nichts dabei zu sein.« Synius schaute sie an und überlegte. Wie

sollte er es am besten erklären? »Also, das, was wir essen, gibt es hier nicht oder könnt ihr hier nicht finden«, versuchte er, irgendwie einen Anfang zu finden. »Wir essen nichts«, fiel ihm Sehyn ins Wort. Und Fovur ergänzte: »Wir sammeln Kraft während wir schlafen. Sozusagen ist das unsere Nahrung.« »Etwas kompliziert bei euch«, stieß Geta aus. »Ja, aber irgendwie auch nicht«, versicherte ihr Synius. »Habt ihr denn gar keinen Appetit?«, erkundigte sich nun Eno. »Das ist alles so lecker. Wollt ihr nicht mal probieren?« Er hielt ihnen einen Keks hin. »Nein, danke«, lehnte Synius ab. »Hunger oder Appetit verspüren wir nicht. Wir werden immer nur sehr müde und kraftlos, dann legen wir uns schlafen und wenn wir wieder aufstehen, geht es uns besser. Aber mehr wissen wir auch nicht«, versuchte der Stern zu erklären. Er zuckte dabei mit seinen Sternenarmen.

Musik erklang und nachdem die Freunde die letzten Krümel von ihren Tellern geschleckt hatten, erhoben sie sich von ihren Plätzen und tanzten mit den anderen Gästen um das Partyfeuer. Eine Nachtigall trällerte Lieder, während ein Tierorchester sie begleitete. Herr Fuchs zupfte die Gitarre, Grillen zirpten im Takt, Frau Häsin trommelte mit ihren Klopfern auf Baumwurzeln und die Laubfrösche quakten ganz laut. Die Tiere lachten alle durcheinander, tanzten und drehten sich ausgelassen im Kreis. Viele Glühwürmchen erhellten die Lichtung.

Die Abenddämmerung schritt weiter voran, Arunas Rufe hallten durch den Wald und der Mond erklomm das Himmelszelt. Dies war das Zeichen für die Sterne, dass sie gehen und ihren Sternenpflichten nachkommen mussten. Denn sie durften nur zur Dämmerungszeit unten auf der Erde sein, so hatte Herr Uhm es ihnen erlaubt. »Schade, dass wir jetzt gehen müssen. Ich wollte mit euch noch weiter tanzen«, sprach Fovur. Er war völlig außer Atem, so kräftig war er auf und ab gehüpft. Synius sprang von Getas Rücken und schwebte zu Sehyn. Dieser tanzte gerade mit Klara und bemerkte nicht, dass es an der Zeit war zu gehen. Fröhlich drehten sie sich im Kreis und jauchzten ausgelassen. »Sehyn, wir müssen los«, rief Synius. Aber der Angesprochene hörte nicht, dass er gerufen wurde. Erst als sein Freund direkt neben ihm zum Halten kam und ihn erneut ansprach, reagierte er. Sehyn drehte sich ein letztes Mal und folgte Synius wackelig. Klara lachte hinter ihm, sie hatte noch nie einen Stern mit Drehwurm gesehen. »Schade, dass wir schon los müssen«, sagte Sehyn traurig zu den anderen. »Ihr könnt doch von oben weiter zuschauen«, munterte Geta den traurigen Stern auf. »Das stimmt!«, rief Fovur aus. Daran hatten sie gar nicht gedacht! »Wir müssen los«, drängelte Synius. Er wollte keinen Ärger bekommen. Eilig verabschiedeten sie sich von ihren Erdenfreunden und schwebten zum Himmel, wo die anderen Sterne bereits auf die Jungsterne warteten.

Von weit oben sahen sie, wie Wilfur, nach einem weiteren Lied, seine Geschenke auspackte. Jedes einzelne wurde bestaunt und ab und an drang ein stolzes »Das ist von mir!« von den Gästen zur Eule hinüber. Was er wohl alles bekommen hatte?

Danach war es auch für die Tierkinder Zeit, nach Hause zu gehen. Gähnend machten sie sich auf den Heimweg. Glühwürmchen und erwachsene Tiere begleiteten sie. Nun war es auch für den Mond an der Zeit, sein Schlaflied zu singen und die übrigen Gäste damit nach Hause zu schicken. Wilfur und er hatten sich vorher abgesprochen, ab wann er die Nacht besingen sollte. Auch wenn die übrigen Waldbewohner davon wussten, wusste doch keiner, wie die Eule und der Mond miteinander sprachen. Es war ein ebenso großes Geheimnis im Zauberwald, wie die Zeitvogeldame Aruna eins war.

Wilfur winkte erschöpft dem letzten Geburtstagsgast, einem Bär, hinterher, bevor er seine ganzen Geschenke einsammelte. Dabei halfen ihm die Baumelfen. Die Eule konnte schließlich nicht alle Geschenke alleine tragen, da es eindeutig zu viele waren und er mehrmals fliegen müsste. Sie flogen zu seiner Baumhöhle und verstauten all die wunderbaren Dinge. Noch lange erfreute sich der weise Wilfur an den Erinnerungen des schönen Festes.

Mitmachgeschichte

Komm mit in den Zauberwald – Deine eigene Mitmachgeschichte.

Tief versteckt inmitten des Zauberwaldes, standen ein paar Steinsäulen, umgeben von halb eingefallenen, verwitterten Mauerresten, fast begraben unter dicht gewachsenen und herabhängenden Pflanzenranken. Alle Blätter an dieser verzauberten Pflanze leuchteten das ganze Jahr über in einem satten Grün. Nicht einmal der Winter mit seinen frostigen Armen, schien ihnen etwas anhaben zu können.

Im Herzen dieser geheimnisvollen Ruine war ein Nest gebaut. Es erschien ungewöhnlich groß und war mit Moos und Daunen weich ausgepolstert. Ringsherum lagen Grashalme und kleine Äste auf dem Steinboden verstreut. Niemand wusste, welcher Waldbewohner diesen geheimen Ort bewohnte. Auch war nicht mehr bekannt, wie und wann dieses Gemäuer in den Zauberwald kam.

Frau Birke sagte einmal zu ihren Schülern, das dort versteckt lebende Tier hinterlasse zu jedem Neumond dunkelblau glänzende Federn, welche der Person, die sie findet, Mut verleihen. Man müsse diese Zauberfedern nur vom Boden aufheben und….

Wie kann es weiter gehen? Ab hier darfst du nun fortsetzen. Gern kannst du uns deine Geschichte mit deinen Eltern zusammen per E-Mail senden. Unter allen Einsendungen verlosen wir einmal im Jahr Preise. Alle Infos und Teilnahmebedingungen findest du online unter:

www.aukokids.de/mm/zauberwald-und-sternennebel

PLUS +

Du willst noch tiefer in den »Zauberwald und Sternennebel« eintauchen?

Prima! Wir haben für dich noch verschiedene kostenlose Bonusmaterialien, zum Beispiel Ausmalbilder als PDF zum Download, Zusatzinfos zu den Charakteren der Geschichten, Mitmachgeschichten....

Du möchtest noch weitere Zusatzmaterialien, entweder für dich oder als Geschenk für Freunde? Da haben wir zum Beispiel Aufkleber, Postkarten, Lesezeichen, Hausaufgabenhefte, Malbücher und mehr. Alles kann kostenpflichtig beim Verlag bestellt werden.

Scanne den nachfolgenden QR-Code oder besuche direkt die angegebene Webseite für weitere Infos zu allen Bonus- und Zusatzmaterialien.

www.aukokids.de/plus/zauberwald-und-sternennebel

Bonus- und Zusatzmaterialien

DANKSAGUNG

Die Idee zu diesem Buch entstand, als ich erfuhr, dass ich Tante werde. Der Weg bis zum fertigen Buch, wie wir es jetzt in den Händen halten dürfen, war sehr lang und ich bin froh, nie aufgegeben zu haben, trotz aller Widrigkeiten.

Mein größter Dank geht an Andreas und Bianca, ohne sie wäre dieses Buch niemals möglich gewesen. Danke Andreas, dass du das Potenzial in meinen Geschichten gesehen hast. Danke Bianca, für deine zuckersüßen Illustrationen, die mich immer wieder aufs Neue verzaubern.

Aber wer wäre ich ohne all die lieben Menschen, die mich auf meinem langen Weg begleitet haben. Meine Mädels, meine Familie, meine Freunde, die Schreibwerkstatt und mein Autorenstammtisch. Danke für die ständige Ermutigung, nicht aufzugeben, konstruktive Kritik, die mich in die Verzweiflung getrieben und meine Texte doch besser gemacht haben.

Großer Dank gilt auch meinen lieben Kolleginnen. Eure stetige Neugier bewegt mich, Gutes in allem zu sehen.

Alles hat seinen Grund und seine Zeit.
Eure Sophie

Autorin aus Herzenswunsch

Sophie Teucher, geboren 1989, lebte und arbeitete lange in einem kleinen Städtchen im Herzen des Erzgebirges, bevor es sie ins quirlige Leipzig zog. Von Kindesbeinen an träumt sie von fantastischen Wesen und aufregenden Abenteuern, mit denen sie ihren Alltag vergessen und ihrer Fantasie freien Lauf lassen kann.

Die Liebe zum Schreiben entdeckte Sophie in kurzen Geschichten, deren Vorbilder in ihren Lieblingsbüchern lagen und die sie mit eigenen Ideen ausschmückte. Ausschlag, selbst Autorin zu werden, gab ein Buch, das sie auf besondere Art und Weise faszinierte. Hielt sie anfangs diesen Herzenswunsch geheim, steht sie heute zu sich und ihrem großen Traum.

Das hier vorliegende Kinderbuch ist Sophie Teuchers Debüt: Als gelernte Erzieherin, hat sie fantastisch verzauberte kleine Geschichten geschaffen, die viel Raum für eigene Entdeckungen lassen. Kindgerecht werden Themen aufgezeigt wie Unsicherheiten überwinden und Stärken entdecken, Verantwortung übernehmen und Freundschaft sowie Abenteuer zu erleben.

Mehr Infos über Sophie gibt es online unter:
www.kreativteam.org/go/sophieteucher

Die Autorin Sophie Teucher

Illustratorin aus Leidenschaft

Bianca Post, geboren 1987, lebt und arbeitet im schönen Oberbayern. Seit ihrem Alter von 10 Jahren sind Pinsel, Stifte und Farben ein sehr wichtiger Teil von ihr. Das Kreative hat Bianca schon immer fasziniert und wurde zu einer richtigen Leidenschaft.

Ihre Kreativität kann Bianca nicht nur super im Hauptberuf als Kinderpflegerin ausleben, sondern seit einigen Jahren auch als freiberufliche Illustratorin. Bianca liebt es, mit ihren Bildern Geschichten zu erzählen. Vor allem, wenn sie damit jemandem ein Lächeln ins Gesicht zaubern kann.

Dieses Kinderbuch ist für Bianca Post eine Premiere: Ihr erstes vollständig durch sie illustriertes Buchprojekt. Bereits mit anfänglichen kleinen Ausschnitten vom Textmanuskript, entstanden zauberhafte Bilder in ihrem Kopf, die sie fesselten und sofort gezeichnet werden wollten. Nun machen diese fantastischen Illustrationen mit ihren liebevollen Details jede der Geschichten lebendig und laden zum Verweilen und Entdecken ein.

Mehr Infos über Bianca gibt es online unter:
www.kreativteam.org/go/biancapost

Als Marke vom »autorenkonsulat«, dem Fullservice-Lektorat, wurde der Verlag »auko.media« im Sommer 2020 gegründet. Seitdem können alle unsere Text- und Beratungskompetenzen mit den Möglichkeiten eines Verlags kombiniert werden.

au|ko

Als unabhängiger »Indie-Verlag« können wir sehr viel individueller und flexibler auf die Wünsche und Bedürfnisse unserer Autor:innen eingehen. Bei uns zählt nicht Masse, sondern nur Klasse! Wir möchten auch Büchern außerhalb des Mainstreams ein Zuhause geben, egal aus welchem Genre und gern aus kleinen Nischen. Nur so bleibt die Vielfalt der Buchkultur bunt und lebendig.

So waren wir auch sofort begeistert von den ersten Ideen bis zum nun vorliegenden Kinderbuch »Zauberwald und Sternennebel«. Wir freuen uns, gemeinsam mit Ihnen und ihren Kindern in diese fabelhafte Welt eintauchen zu dürfen und uns von Autorin und Illustratorin verzaubern zu lassen.

Weitere (Kinder-) Bücher werden folgen. Alle Infos gibt es online unter *www.auko.media* oder mit einem kostenlosen Abo unseres E-Mail-Newsletters unter *www.auko.media/go/newsletter*. Herzlichen Dank.

Der Verlag »auko.media«